ellermann
mein Vorleseglück

MIX
Papier | Fördert gute Waldnutzung
FSC® C002795

Originalausgabe
8. Auflage

Max-Brauer-Allee 34, 22765 Hamburg
ellermann im Dressler Verlag · Hamburg

Satz: Arnold & Domnick GbR, Leipzig
Druck und Bindung: Livonia Print SIA,
Jurkalnes iela 15/25, LV-1046 Riga, Lettland
Printed 2022
ISBN 978-3-7707-0083-7

www.ellermann.de

Chantal Schreiber

KURT

Wer möchte schon ein Einhorn sein?

Mit Bildern von Stephan Pricken

ellermann im Dressler Verlag GmbH · Hamburg

Für Hannah & Christer

INHALT

1.

TRILL

»Hey! Hey, du da!«

Kurt öffnet die Augen und sieht etwas Rot-Grau-Schwarzes davor flattern.

»Oh. Du hast auch noch blaue Augen! Bisschen kitschig.«

»Zieh Leine«, antwortet Kurt.

»Ich wollte nur sehen, ob es echt ist«, sagt der Vogel und nimmt auf Kurts Nase Platz. »Also, ob DU echt bist.«

»Hmpf«, macht Kurt und schüttelt den Kopf, sodass der Vogel durch die Luft gewirbelt wird und sich schließlich auf einem Zweig genau über Kurt niederlässt.

»He«, beschwert er sich. »Das war eben sehr unhöflich!«

»Leute aus dem Schlaf zu reißen,

ist auch unhöflich!« Kurt vergräbt sich ein wenig tiefer im hohen Gras und versucht erneut einzuschlafen.

»Wenn man einen guten Grund hat, ist es *notwendig*, nicht unhöflich.«

Etwas Weißes, Nasses landet mit einem satten »Klatsch« direkt vor Kurts Nase.

Kurt rümpft die Nüstern. »Und dass du eben genau auf mein Kopfkissen gekackt hast, findest du auch nicht unhöflich?«

»Das ist eine Maßnahme für äußerste Notfälle. Ich brauche dich nun mal ganz dringend. Ich bin übrigens Trill.«

Kurt steht auf, streckt sich und stapft los.

»Ist das nicht der Moment, in dem du mir sagst, wie du heißt?«, fragt der Vogel, der neben ihm herflattert.

»Nein«, sagt Kurt. Er hat so was von keine Lust auf diese Unterhaltung.

Der Morgen riecht nach Klee und Tautropfen und Sonne. Zeit fürs Frühstück. Ein Stückchen weiter fängt Kurt an zu grasen.

»Ich weiß schon«, ruft Trill. »Du willst ein Spiel draus machen, stimmt's? Ich soll deinen Namen erraten, stimmt's? Was ist, wenn ich ihn errate?«

Kurt hebt den Kopf und sieht Trill in die Augen. »Ja«, sagt er. »Das ist die Frage, was dann ist.« Er überlegt kurz. »Wenn ich dir meinen Namen sage, lässt du mich dann in Ruhe?«

Der Vogel überlegt ebenfalls. »Nein«, sagt er dann.

»Warum sollte ich ihn dir dann sagen?«

»Aber ich *kann* dich nicht in Ruhe lassen!«, erklärt Trill. »Ich brauch doch deine *Hilfe*! Ich habe überall nach dir gesucht! Nach einem schneeweißen, blauäugigen, edlen, selbstlosen, hilfsbereiten, starken, magischen ...«

»Dir haben sie wohl zu viele Märchen erzählt«, unterbricht Kurt. »Ich will jetzt frühstücken. Schönen Tag noch.«

Er schüttelt seinen Schweif, und bei jeder Bewegung geht daraus ein Schauer rosa glitzernder Sterne nieder. Missmutig betrachtet Kurt das rosa glitzernde Gras um sich herum. »Peinlich«, murmelt er.

»Ich weiß, wie du heißt!«, jubelt Trill. »Sternenschweif! Hab ich recht, oder hab ich recht?«

»Weder noch«, sagt Kurt. »Du hast einen Knall!«

»Dann heißt du Sturmwind?«

»Nein.«

»Mondstrahl?«

»Nein.«

»Wolke?«

»Nein.«

»Abendstern?«

»Nein.«

»Luna?«

»Das ist ein Mädchenname!«

»Oh. Tut mir leid. Saphira?«

»Treib's nicht zu weit, du!«

»Crystallo?«

»Nei-enn. Himmel noch mal. Mein Name ist Kurt. Wenn du's unbedingt wissen willst.«

Trill sieht Kurt mit schief gelegtem Kopf an. »Du willst mich veräppeln.«

»Veräppeln nicht. Verkloppen vielleicht.«

»Aber du bist ein Einhorn.«

»Scharf beobachtet.«

»Einhörner heißen nicht Kurt. Das ist unpassend.«

»Sagt wer?«

»Ich ... ich weiß nicht ... ich meine, Kurt, der Hirschkäfer, okay. Kurt, der Eber, meinetwegen. Aber Kurt, das Einhorn ...«

»Du wirst dich damit abfinden müssen.«

»Aber was haben sich deine Eltern bloß dabei gedacht? Es gibt so tolle Einhorn-Namen … Turmalin und Diamant und Andromeda – äh … Andromedooo … und …«

»Alles schon tausendmal da gewesen«, unterbricht Kurt. »Meine Eltern wollten eben was Besonderes.« Tatsächlich weiß Kurt nicht, was seine Eltern wollten, denn er hat sie nie kennengelernt. Aber er hat nicht vor, das dem kleinen, frechen Vogel auf den Schnabel zu binden.

»Und deshalb gaben sie dir den klangvollen Namen …«

»Kurt«, sagt Kurt. »Genau. Und jetzt pass auf, was du sagst. So ein Einhorn-Horn macht nämlich ganz schnell Geflügelgulasch aus dir.«

»Haha, du bist ganz schön witzig«, japst Trill kichernd. »Du bist einer von den Guten, ob du willst oder nicht.«

»Ach ja?« Kurt macht mit seinem Horn eine blitzschnelle Bewegung, und ein dicker Ast kracht genau neben dem kleinen Vogel auf den Waldboden.

»Uuups«, macht Trill erschrocken und hört erst mal auf zu kichern. »Aber, aber ...«, japst er dann.

Kurt hebt abwartend eine Augenbraue. Offenbar hat er dem vorlauten Vogel jetzt doch etwas Respekt eingeflößt.

Wahrscheinlich reicht das, um ihn auf Nimmerwiedersehen zu verscheuchen. Kurt stapft weiter Richtung Bach, da blühen ein paar fette Frühstücks-Sumpfdotterblumen. Endlich Ruhe.

»Aber ... aber«, trillert es da wieder genau neben seinem Ohr. »Wenn die Einhornjungs jetzt Kurt heißen oder Emil oder Ernst ... wie heißen dann neuerdings die Mädchen-Einhörner? Gerda? Eulalia? Elfriede?«

»Das ist mir so was von schnuppe«, sagt Kurt und dreht Trill sein schneeweißes Hinterteil zu.

»Siehst du, ›Schnuppe‹, *das* ist ein Einhorn-Name!«, erklärt Trill und lässt sich wieder genau über Kurts Kopf auf einem Ast nieder. »Oder noch besser ›Sternschnuppe‹! Und wenn's schon was mit ›K‹ sein soll, dann doch bitte ›Komet‹! ›Komet‹ klingt fast wie Kurt, findest du nicht? Nur schöner! Darf ich dich ›Komet‹ nennen?«

»Nein.«

»Ach, komm schon! Sei kein Spielverderber! Nur bis du die Prinzessin gerettet hast, dann kannst du meinetwegen auch ›Hans-Dietrich‹ heißen oder ›Ewald‹! Du, Komet, stimmt es eigentlich, dass die Pupse von Einhörnern nach Rosen duften?«

»Hältst du eigentlich nie die Klappe?«, unterbricht Kurt. »Und was soll das Gelaber von der Prinzessin? Ich kenne keine Prinzessin. Ich *will* auch gar keine kennen.«

»Aber du bist ein *Einhorn*!«

Kurt seufzt. »Fängt diese Unterhaltung jetzt von vorne an?«

»Einhörner und Prinzessinnen gehören zusammen! Das weiß doch jedes Kind!«

»Zu viele Märchen, wie ich schon sagte«, meint Kurt und wünscht sich eine Veilchenblüte in Honig für jedes Mal, wenn er diesen Blödsinn hört. »Ich bin bis jetzt hervorragend ohne Prinzessinnen ausgekommen.«

»Aber wenn die Prinzessin in Not ist, *musst* du ihr helfen!«

»Muss ich gar nicht«, erklärt Kurt.

»Und was ist mit dem Pakt?«

Natürlich. Das Flatterteil weiß natürlich auch über den Pakt Bescheid.

»Ich habe keine Ahnung, was für einen Pakt du meinst.«

»Oh doch, das hast du!«, ruft Trill empört. »Deine Nüstern sind gerade ganz lila geworden, und das passiert bei Einhörnern, wenn sie lügen!«

Verdammt, denkt Kurt. *Dabei steht Lila mir überhaupt nicht.*

»Ich habe Schnupfen«, rechtfertigt er sich laut. »Da wird meine Nase auch lila.« Ein leises Kribbeln in der Nase sagt ihm, dass die Verfärbung stärker wird.

»Gar nicht wahr!«, ruft der Vogel, »Da wird sie blau, das weiß ich genau! Was bist du überhaupt für ein Einhorn, das dauernd lügt und kein Mitleid mit einer armen gefangenen Prinzessin hat?«

»Lalala!«, macht Kurt ganz laut, aber Trill ruft noch lauter: »Sie wurde entführt!«

»LALALALA …!«

»Wahrscheinlich leidet sie Hunger und Durst in einem finsteren Verlies, hat Sehnsucht nach ihren Eltern, schreckliche Angst …«

»LALALA …«, macht Kurt, aber es ist schon zu spät. Er merkt es an dem leichten Vibrieren, das von seinen Nüstern über die schneeweiße Mähne und seinen blendend weißen Rücken bis nach hinten zu seinem strahlend weißen Schweif geht und sich dann über seinen blütenweißen Bauch, die makellos weißen Beine und den perlweißen Hals ausbreitet. Ihm ist klar, dass in diesem Moment

sein Fell schimmert, als wäre es von Tausenden kleiner Kristalle übersät, und er seufzt.

»Wahrscheinlich weint sie den ganzen Tag vor Heimweh und ...« Trill bricht plötzlich ab und vergisst vor Staunen beinahe, mit den Flügeln zu schlagen. »Wa... was ist das?«, fragt er bewundernd.

Das Vibrieren ist zu einem heftigen Kribbeln geworden, und Kurt schüttelt sich. »Mitgefühl«, sagt er seufzend. »Also spuck schon aus, wo deine Prinzessin gefangen gehalten wird, und dann bringen wir die Sache hinter uns, aber dalli.«

2.

FRED

»Sag mal, du veräppelst mich doch!«

»Niemals!«

»Oder ich hab dich falsch verstanden?«

»Welchen Teil von ›Prinz‹ kann man falsch verstehen?«

»Aber normalerweise *wollen* Prinzessinnen doch, dass ein Prinz sie in sein Schloss holt! Normalerweise werden Prinzessinnen von bösen Hexen oder Drachen entführt, die Prinzen besorgen das mit dem Retten, und die Einhörner werden in Frieden gelassen.«

»*Normalerweise* heißen die Einhörner auch nicht Kurt, sie lügen nicht und sind etwas hilfsbereiter als gewisse Leute.« Trill sitzt auf einem Zweig und plustert sich empört auf. »Sie braucht deine Hilfe! Denkst du etwa, ich würde lügen, wenn es um Prinzessin Floh geht?«

»Floh?«, fragt Kurt. »Ernsthaft? Was ist denn das für ein Name für eine Prinzessin?«

»Wer will das wissen?«, fragt Trill und schaut für ein tirilierendes Vögelchen sehr kampflustig drein. »Etwa *Kurt*, das Einhorn?«

Kurt verdreht die Augen und stapft weiter.

»Also gut, wenn du es genau wissen willst ...«

»Will ich nicht!«, sagt Kurt.

»... sie heißt eigentlich Florentina«, fährt Trill fort. »Aber sie war so ein winziges Baby und so ein winziges Kind, und jetzt ...«

»… ist sie eine winzige Prinzessin«, beendet Kurt den Satz und hält an einem Bach, um etwas Wasser zu trinken. Er achtet darauf, dabei wirklich nur seine Lippen anzufeuchten.

»Sie ist zierlich«, verbessert Trill. »*Winzig* sagt man nicht zu einer Prinzessin. Und außerdem ist da noch was …«

»Noch was außer einer winzigen Prinzessin und einem albernen Prinzen? Ich kann's kaum erwarten.«

»Es geht um meinen kleinen Bruder«, sagt Trill zögernd. »Tüdelü. Er ist ...«

»Genauso eine Nervensäge wie du?«, unterbricht Kurt den Vogel. »Sag bloß, er ist auch mit von der Partie!«

»Nein.« Trill scheint nicht nach Scherzen zumute zu sein. »Oder vielmehr: Ja und nein. Der Prinz hat ...«

Doch Kurt hört nicht länger zu. Einhörner haben ein überaus feines Gehör, und Kurt hat etwas gehört – nicht sehr deutlich, doch es klang wie ein Hilferuf. Aber woher ist der Ruf gekommen?

Trills Schnabel steht offen, und er starrt Kurt ehrfürchtig an. »Du machst schon wieder diese Glitzersache!«, ruft er. »Wenn das *Mitgefühl* bedeutet, mit wem hast du denn ...?«

»Hier unten!«, blubbert es aus dem Bach. Ein paar Schritte weiter ist das Wasser ganz klar, und man kann die Steine sehen, die auf dem Grund liegen. Und zwischen zwei Steinen steckt ein orangefarbener, ziemlich runder Fisch fest.

»Hey, Leute«, blubbert der Fisch. »Endlich kommt mal jemand vorbei! Bis auf eine durstige Haselmaus, die mir leider nicht helfen konnte, bin ich hier blubberseelenallein gewesen und ...«

Aber Kurt hört nicht mehr zu, und zwar seit dem Wort *Haselmaus*.

»Maus?«, sagt Kurt und sieht sich hektisch um. »Wo ist eine Maus? Wie groß war sie? War sie allein? Ist sie noch in der Nähe?«

Trill trillert vor Lachen so heftig, dass er fast von seinem Zweig kippt. »Ein richtiges, echtes, ausgewachsenes, wohlgenährtes, magisches Einhorn, das Angst vor *Mäusen* hat? Vor einer klitzekleinen, winzigen, knopfäugigen, völlig ungefährlichen, niedlichen Haselmaus?«

»Ich habe überhaupt keine Angst vor Mäusen«, erklärt Kurt würdevoll. »Das Gewusel dieser kleinen Füßchen auf dem Boden macht mich bloß irgendwie nervös, das ist alles.«

»Du hast Angst vor *Mäusen*!«, jubiliert Trill in seinen allerhöchsten Tönen – und die sind ziemlich hoch.

»Entschuldigung, die Herrschaften!«, schaltet sich der runde Fisch wieder ein. »Ich störe ungern, aber könnten wir uns vielleicht wieder meinem Problem zuwenden?«

»Selbstverständlich!«, erklärt Kurt zuvorkommend. Er ist froh, wenn nicht länger über Mäuse geredet wird.

»Ich versteh das nämlich gar nicht!«, fährt

der Fisch fort. »Gestern bin ich hier noch locker durchgekommen. Jemand muss die Steine verrückt haben. Ziemlich gemeine Falle, das, wie ich finde. Wenn Sie vielleicht so freundlich wären, Sir Einhorn ...«

Kurt beugt sich ein wenig vor und senkt den Kopf. Er zögert. Wenn man es nicht zum Trinken bräuchte, könnte Kurt gut ohne Wasser auskommen. Er vermeidet es, wo er nur kann. Es ist nass. Und kalt. Und irgendwie ungemütlich. Um den Stein wegzuschubsen, muss Kurt nicht nur sein Horn nass machen, sondern seinen ganzen Kopf ins Wasser tauchen. Unwillkürlich schüttelt er sich bei dem Gedanken. Wasser erinnert ihn an etwas, als er noch ein ganz kleines Einhornfohlen war. Wasser war in seinen Augen, in seinen Ohren und in seinem Mund, überall Wasser. Es ist die früheste Erinnerung, die Kurt hat: wie er im Wasser um sein Leben kämpft.

Allerdings hat das Wasser ihm seither nichts mehr getan. Und da oben sitzt Trill auf einem Ast,

der über den Bach ragt, und sieht erwartungsvoll zu ihm herunter. Und da unten steckt der dicke Fisch zwischen den beiden Steinen und blickt aus dem Wasser hoffnungsvoll zu ihm herauf. Und dieses Kribbeln überall auf seinem Körper nervt. Kurt seufzt, kneift die Augen zusammen, hält die Luft an und steckt seinen Kopf unter Wasser.

»Autsch!«, ruft der dicke Fisch. »Das hat gepikst!«

Kurt zuckt zurück und reißt unwillkürlich unter Wasser seine Augen auf. Komischerweise brennt das Wasser kein bisschen in den Augen, wie er befürchtet hatte. Er will sich bei dem Fisch entschuldigen, ihm sagen, dass er ihn nicht absichtlich gepikst hat. Aber das, was er tatsächlich sagt, klingt mehr wie »Blubb!«.

Offenbar versteht der dicke Fisch ihn trotzdem. »Kein Problem!«, hört er dessen Antwort so klar, als wären sie beide an Land. Kurt wird gleich die Luft ausgehen. Aber jetzt, wo er alles richtig sehen kann, ist die Sache ein Klacks: Mit einem kräftigen Schubser seines Horns räumt er einen der Steine aus dem Weg, und der Fisch kommt frei.

»Bäh«, macht Kurt und schüttelt sich, dass die Tropfen fliegen.

»He«, macht Trill, der rein zufällig das meiste davon abkriegt.

»Juhuu«, macht der dicke orangefarbene Fisch. »Danke verbindlichst, Sir Einhorn!«

»Schon gut«, murmelt Kurt. »Keine Ursache.« Irgendetwas ist seltsam. *Anders* seltsam, denn das Kribbeln hat aufgehört. Dafür fühlt sich sein Körper jetzt irgendwie so leicht an. Und ein wenig zittrig. Fast so, als würde er nicht auf der Erde stehen, sondern ganz knapp darüberschweben. Was sich gar nicht so unangenehm anfühlt! Verwirrt blickt Kurt auf den glucksenden Bach zu seinen Hufen.

Unsinn!, denkt er dann und schüttelt das Gefühl ungeduldig ab. *Ich vertrage bloß das nasse Zeug nicht!* Die Tropfen fliegen erneut aus seiner Mähne. Bestimmt ist er bald wieder trocken.

»Cool«, sagt Trill gerade. »Ich hab noch nie einen Kugelfisch gesehen.«

»Ich bin kein Kugelfisch!«, erklärt der orangefarbene Fisch, und seine Miene verfinstert sich. »Ich bin ein Goldfisch!«

»Dann bist du aber ein besonders runder Goldfisch.«

»Ich bin nicht besonders rund, ich bin nur besonders prächtig«, sagt der Fisch beleidigt.

»Und seit wann haben Goldfische so schwarze Mützen auf?«

»Ich bin ein Ninja-Goldfisch«, erklärt der Goldfisch, und Kurt findet, dass es sehr würdevoll klingt für jemanden, der beim Reden blubbert. »Ein Kämpfer für die Schwachen, Armen und Bedrohten! Und du hast etwas gut bei mir, Sir Einhorn. Fred mein Name. War mir ein Vergnügen.« Mit diesen Worten springt der besonders prächtige Ninja-Goldfisch mit verblüffender Leichtigkeit weit aus dem Wasser heraus, schlägt einen Salto in der Luft, landet mit einem weit hörbaren »Klatsch« wieder im Bach und verschwindet blitzschnell um die nächste Biegung des Wasserlaufs.

»Ninja-Goldfisch«, zwitschert Trill belustigt. »So was gibt's doch gar nicht!«

Kurt starrt den kleinen Vogel an. »Du glaubst an jedes alberne Einhorn-Märchen, das du jemals gehört hast, aber nicht an einen Fisch, den du

gerade mit eigenen Augen gesehen hast? Komischer Vogel.«

»Das ist doch sonnenklar! Niemand hat jemals von einem Ninja-Goldfisch gehört, aber jeder weiß, dass es Einhörner gibt.«

Kurt ist das einzige Einhorn, das er kennt, und ist manchmal selbst nicht sicher, ob es Einhörner gibt. Er runzelt die Stirn. »Von einer fliegenden Nervensäge hab ich auch noch nie gehört«, sagt er, »und trotzdem gibt es dich.«

3.

TAUSCHGESCHÄFT

Trill fliegt voraus, dem Bach folgend, der immer breiter und tiefer wird. Kurt bleibt nachdenklich stehen und senkt sein Horn in Richtung Wasser. Beinahe hätte er Lust, es noch mal ein bisschen ins Wasser zu tauchen. Dieses Schwebegefühl vorhin war wirklich gar nicht unangenehm. Wenn der Bach nicht so tief ist, vielleicht könnte er tatsächlich ein bisschen reingehen und eine Weile darin planschen?

Planschen?, reißt Kurt sich aus seinen eigenen Gedanken. *Was ist denn mit mir los? Ich mag doch kein Wasser!*

»Hey!«, ruft Trill ihm zu. »Wenn es um Leben

und Tod geht, bleibt man nicht gemütlich stehen und macht ein Päuschen!«

Kurt beachtet den Vogel nicht. Sein Horn schwebt immer noch Millimeter über dem Wasser. *Wir mögen kein Wasser!,* erinnert Kurt sich und tritt entschlossen einen großen Schritt zurück. *Ich glaube, das ist alles zu viel Aufregung für einen Tag. Oder ich habe die Sumpfdotterblumen wieder nicht vertragen.* Er fällt in einen lockeren Trab und hat Trill schnell wieder eingeholt.

»Wie soll das überhaupt laufen mit der Befreiung?«, fragt Kurt nach einer Weile. »Der Prinz lässt die Prinzessin doch sicher von Soldaten bewachen?«

»Nein, nein«, antwortet Trill schnell. »Keine Soldaten. Der Prinz mag keine Menschen um sich.«

»Warum klaut er dann eine Prinzessin, wenn ich fragen darf?«

»Sie ist eine Ausnahme. Ansonsten ist der Prinz mehr ein ... Tierfreund.« Trills Stimme klingt plötzlich irgendwie eigenartig, aber das Knurren von

Kurts Magen lässt nicht zu, dass er darüber nachdenkt.

»Tierfreund, soso«, sagt er zerstreut und fügt hinzu: »Heißt das, ich soll ihn mit meinem Charme dazu bringen, die winzige Prinzessin rauszurücken?«

»So in etwa.« Trill wird etwas schweigsamer, und Kurt hat Gelegenheit, sich nach Essbarem umzusehen. Aber das Gras ist hier nicht mehr so grün, die Dotterblumen nicht so saftig, die Veilchenblüten nicht so zart – mit anderen Worten, das Büfett wird zusehends unerfreulicher.

»Ich sollte mal was essen«, sagt Kurt und beginnt, lustlos an ein paar Halmen zu kauen. »Wegen deiner winzigen Prinzessin setze ich meine gesunde Verdauung aufs Spiel. Ich hoffe, du weißt das zu schätzen.«

»Ja, ja, weiß ich. Aber iss schnell, damit wir dort sind, bevor es dunkel wird.«

»Es ist ungesund, zu schnell zu grasen«, erklärt Kurt und kaut extra langsam, obwohl es ihm gar nicht schmeckt.

Trill hopst ungeduldig auf einem Ast auf und ab. Er wirkt plötzlich irgendwie nervös.

»Sag mal, Kurt«, sagt Trill. »Du kannst dich doch gut selbst verteidigen, nicht wahr? Also mal angenommen, jemand will dich einfangen ... du würdest einfach wegfliegen oder so was, stimmt's?«

»Jetzt kann ich also auch noch fliegen?«

Trill nickt heftig, als wolle er sich selbst davon überzeugen. »Und du bist mächtig stark, oder?«

Kurt schüttelt nur genervt den Kopf. Zu albern, was der Vogel für Ideen hat. »Na klar«, sagt er zu Trill. »Ich hab Muskeln wie ein Bär, Zauberkräfte ohne Ende, und ich kann fliegen. Und wenn alles nichts hilft, dann kann ich meinen Gegner immer noch k. o. glitzern. Also alles in allem bin ich unbesiegbar.«

Trill glaubt offensichtlich jedes Wort und seufzt erleichtert. »Das ist gut zu wissen.«

»Wieso?«, fragt Kurt ein wenig misstrauisch. »Wer sollte mich denn einfangen wollen?«

»Niemand, niemand«, trillert Trill hastig zurück. »Ich interessiere mich nur sehr für deinereiner.«

Kurt stapft weiter, und Trill flattert hinterher. Der Wald wird dunkler und immer stiller. Nur noch ganz vereinzelt ertönt der Ruf eines Vogels. Selbst Trill hat zu plaudern aufgehört. Kurt wird ... er weiß selbst nicht genau, wie ihm wird. Aber es fühlt sich nicht gut an. Ein bisschen so, als wäre nicht mehr genug Luft zum Atmen da. Jeder Schritt kostet Kurt Überwindung, und seine Beine fühlen sich tonnenschwer an.

»Sind wir bald da?«, fragt er, und noch bevor Trill antworten kann, haben sie plötzlich den Waldrand erreicht, und es liegt vor ihnen: das Schloss des Prinzen. Eigentlich ist es mehr so etwas wie eine Schloss-Insel, denn rund um das Schloss, die Schlossmauer und alles, was dazugehört, hat der Prinz einen extratiefen, extrabreiten Burggraben angelegt, mit extra viel Wasser darin. Einen Burggraben wie ein Fluss. *Der Prinz hat den Bach in seinen Burggraben umgeleitet,* denkt Kurt.

Aber warum? Wer braucht so viel Wasser in seinem Burggraben?

Kurt macht einen Schritt aus dem Wald heraus, um sich besser orientieren zu können. Soweit er von hier aus sehen kann, gibt es nur einen Weg auf die Schloss-Insel, und der führt über eine große, breite Zugbrücke und durch ein mächtiges Tor in

der Mauer. Jetzt ist das Tor geschlossen, die Zugbrücke hochgezogen, und der Graben scheint unüberwindbar. Kurt kann tatsächlich nirgends Wachen entdecken. Plötzlich wird es von einem Augenblick zum nächsten so dunkel, als hätte sich eine Gewitterwolke vor die Sonne geschoben. Aber die Sonne scheint gar nicht! Gleichzeitig spürt

Kurt einen Luftzug, so stark wie eine Sturmböe. »Zurück!«, ruft Trill, und die Stimme des Vogels klingt so erschrocken, dass Kurt mit allen vier Hufen gleichzeitig rückwärts in den Schutz der Bäume hüpft.

»Was war das denn?« Unwillkürlich flüstert er, als er das fragt.

»Eine Fledermaus«, antwortet Trill, und sein Trillern hört sich an wie ein heiseres Quieken. Kurt lugt vorsichtig unter den Bäumen hervor und sieht etwas Großes, Dunkles mit mächtigen Schwingen auf das Schloss zufliegen.

»Das ist aber eine seeeeehr große Fledermaus«, meint Kurt zweifelnd.

»Sie sieht nur so groß aus, weil sie so weit weg ist«, erklärt Trill, der seine Stimme wiedergefunden hat.

»Ach so«, meint Kurt. Aber etwas leuchtet ihm noch nicht so ganz ein. »Wenn es

nur eine Fledermaus ist, warum bist du dann so erschrocken? Fledermäuse sind harmlos!«

»Es gibt auch Leute, die vor normalen Mäusen erschrecken, hab ich mir sagen lassen. Die sind mindestens genauso harmlos.«

»Hmpf«, macht Kurt. »Irgendwie hab ich trotzdem ein mulmiges Gefühl bei der Sache!«

»Wir retten immerhin eine Prinzessin«, erklärt Trill. »Das mulmige Gefühl gehört dazu. Sonst würde man für so was nicht Ruhm und Ehre ernten. Bleib einfach hinter mir, dann kann dir gar nichts passieren.«

»Na, darauf würde ich nicht mein nächstes Frühstück verwetten«, murmelt Kurt, und eigentlich will er ein trockenes Lachen hinterherschicken, aber das bleibt irgendwo in seiner Kehle stecken. Trill ist den Waldrand entlang weitergeflogen, immer im Schutz der Bäume. Kurt stapft so leise wie möglich

hinterher. Ab und zu hält er kurz an und lugt aus dem Schatten des dichten Waldes hervor. Der Burggraben ist immer gleich breit, aber die Mauer, bemerkt Kurt, ist auf der anderen Seite der Insel nicht so hoch. Im großen Bogen umrunden Trill und Kurt das Schloss, immer am Waldrand entlang. Und dann entdeckt Kurt den zweiten Eingang. Ein kleineres, unauffälliges Tor, eine schmalere Zugbrücke, über die man wahrscheinlich gerade noch eine Kuh treiben könnte. Für eine Pferdekutsche ist es zu eng. *Vermutlich für die Handwerker,* denkt Kurt. *Wenn dem Prinzen zum Beispiel ein Zacken aus der Krone bricht, der repariert werden muss.*

Kurt und Trill legen noch ein kleines Stück Weg zurück, und dann weiß Kurt, auch ohne dass der kleine Vogel etwas sagt, wo die Prinzessin gefangen gehalten wird. Die Mauer geht hier in einen schmiedeeisernen Zaun über, und dahinter sieht man einen Garten, um den ebenfalls ein hoher Eisenzaun verläuft. In dem Garten steht, umgeben von rosaroten Rosenbeeten, ein rosaroter Pavillon mit rosaroten Tischen und Stühlen unter rosaroten Sonnenschirmen. An dem stärksten Ast eines rosarot blühenden Kirschbaums hängt eine kleine rosarote Schaukel.

»Ich glaube, mir wird übel«, flüstert Kurt. »Zu viel Rosa für meine empfindlichen Augen.«

In diesem Moment kommt der Prinz im Laufschritt aus dem Pavillon. Kurt erkennt ihn sofort an der Krone, die er beim Laufen mit beiden

Händen festhält. *Besonders groß ist der nicht,* denkt Kurt. Passt doch zu der winzigen Prinzessin. Eine rosarote Porzellanschüssel kommt durch die Luft geflogen und verfehlt den Prinzen nur knapp.

»Suppenterrine«, flüstert Trill.

Etwas von dem Inhalt landet auf dem Kopf des Prinzen. Gleich darauf kommt ein zierliches Persönchen aus dem Pavillon geschossen und wirft mit weiteren rosaroten und ein paar goldenen Dingen nach ihm. *Das muss Prinzessin Floh sein,* denkt Kurt.

»Schöpflöffel«, zählt Trill leise mit, als wäre das ein Spiel, das er schon öfter gespielt hat. »Kuckucksuhr. Zepter. Blumentopf. Schuh. Punschtörtchen.«

Kurts schneeweiße Augenbrauen wandern nach oben. Von wegen Hunger, Durst, finsteres Verlies und schreckliche Angst.

»Bist du sicher, dass es die *Prinzessin* ist, die meine Hilfe braucht?«, fragt er.

»Verschwinde!«, brüllt die Prinzessin dem Prinzen nach. »Ich will den ganzen Krempel nicht! Ich will nach Hause! Geht das nicht in deinen Prinzenschädel rein?«

Kurt und Trill beobachten, wie der Prinz das schmiedeeiserne Tor berührt, das sich wie von Zauberhand öffnet und hinter ihm sofort wieder schließt. »Du bist jetzt hier zu Hause!«, ruft der

Prinz trotzig zurück. »Und du fängst besser an, nett zu mir zu sein! Sonst ...«

»Sonst was?«, brüllt die Prinzessin, schnappt einen der rosa Sonnenschirme, hält ihn wie einen Speer über ihren Kopf und wirft ihn in Richtung Prinz, so fest sie kann. Der Schirm knallt gegen einen schmiedeeisernen Pfahl. Der Prinz hat sich vorsichtshalber geduckt.

»Sonst muss ich einen Nettigkeitstrank brauen«, erwidert er so würdevoll, wie man eben sprechen kann, wenn man Suppengemüse in den Haaren hat. Und Punschglasur. Dann wendet er sich ab und stapft davon. Die Prinzessin rennt ihm nach und rüttelt wütend am Zaun.

Trill flattert näher, und Kurt stapft vorsichtig hinterher. Nun liegt nur noch der Burggraben zwischen ihnen und der Prinzessin, und Kurt hat Gelegenheit, sie genau zu betrachten. Sie ist wirklich ziemlich winzig, aber sonst durchaus prinzessinnenhaft: blonde Löckchen, große blaue Augen, zierliche Gestalt. Sie trägt grüne Reithosen, ein weißes Hemd und Stiefel. Weit und breit nichts Rosarotes an ihr. *Endlich mal eine Prinzessin mit vernünftigen Kleidern,* denkt Kurt.

Die Prinzessin zittert vor Wut. Sie umklammert zwei der Gitterstäbe und brüllt dem Prinzen nach, der längst nicht mehr zu sehen ist: »Du bist so ein ... ein ... ein ...« Trill trillert ein paar Töne, und die Prinzessin fährt herum. »Ein Einhorn!«, ruft sie.

Gleich darauf hält sie sich mit der Hand den Mund zu. Sie entdeckt Trill, der um Kurts Kopf herumflattert, und flüstert so laut, dass es eigentlich gar kein Flüstern mehr ist: »Trill, bist du verrückt, ein Einhorn hier anzuschleppen!«

Kurt möchte anmerken, dass von »schleppen« keine Rede sein kann und er die ganze Strecke selber gelaufen ist, und zwar wegen seines unglücklichen Hanges zu übertriebenem Mitgefühl. Aber die Prinzessin flüstert hektisch weiter: »Du! Einhorn! Weg! Verschwinde!« Dabei macht sie scheuchende Handbewegungen, die Kurt ziemlich unpassend findet. *Man könnte dem Gast zumindest*

Tee und Gebäck anbieten, denkt er. Als Kurt nicht reagiert, gibt sie es auf, ihn verscheuchen zu wollen, und wendet sich wieder Trill zu.

»Wie bist du nur auf diese Idee gekommen?«, fragt sie vorwurfsvoll.

»Aber der Prinz hat doch gesagt, er tauscht dich höchstens gegen ein echtes Einhorn ein!«, trillert Trill, und Kurt hört ihm an, dass er sich sehr ungerecht behandelt fühlt.

Die Prinzessin rauft sich ihre goldblonden Löckchen. »Ja, aber dazu hat er höhnisch gelacht. Weil er nie im Leben geglaubt hat, dass du eins findest!«

Na toll, denkt Kurt. *Den ganzen weiten Weg umsonst marschiert.*

Die Prinzessin fängt wieder mit ihren hektischen Armbewegungen an, und Kurt macht bereitwillig kehrt. Da kommt Trills Satz erst richtig in seinem Kopf an. Er bleibt abrupt stehen und wendet sich über seine Schulter dem Vogel zu. »Du wolltest mich *eintauschen*?«, fragt er fassungslos. »Und *du* hast den Nerv, *mich* unhöflich zu nennen?«

»Du hast gesagt, du bist unbesiegbar!«, rechtfertigt sich Trill schrill. »Du hast gesagt, du bist stark und kannst fliegen und hast Zauberkräfte …«

»Ich hab auch gesagt, ich kann meinen Gegner k. o. glitzern, du Knalltüte!«, unterbricht Kurt ärgerlich. »Das war doch nur Quatsch …«

»Sieh an, sieh an!«, unterbricht plötzlich eine Stimme aus dem Nirgendwo. »Ein waschechtes Einhorn!«

4. DER DUMPF-SUMPF-PRUNZ

Kurt blickt um sich. Nichts zu sehen. Dann spürt er den Schatten. Und den Lufthauch. Und schaut nach oben. Über ihnen schwebt ein riesengroßer grau-weiß-blauer Vogel. Und auf dem Rücken des Vogels sitzt der Prinz. Der Vogel sieht alleine deshalb schon furchterregend aus, weil er so groß ist. Das Allerschlimmste aber sind nicht seine riesigen Krallen oder sein enormer, spitzer Schnabel. Das Schlimmste sind die Augen des Vogels. Sie haben überhaupt nichts mit dem wachen, neugierigen Blick eines normalen Vogels gemein. Sie sind glasig und scheinen ins Nichts zu starren, als ob der Riesenpiepmatz gar nicht wüsste, wo er ist und was um ihn herum passiert. Das Einzige, worauf er reagiert, sind die Tritte des Prinzen, mit denen er mal mehr nach links, mal mehr nach rechts dirigiert wird wie eine Marionette an ihren Fäden. Kurt ist bloß deshalb ziemlich sicher, dass der Vogel lebendig ist, weil sich seine Schwingen ab und zu bewegen.

Nur ein paar Riesenvogelschritte von Kurt entfernt landet das Piepmonster und starrt durch ihn hindurch, als wäre er gar nicht da. Das Ganze wäre wirklich zum Fürchten, hätte der Prinz nicht immer noch Suppengemüse in den Haaren. Und Punschglasur.

»Ich rede ja eigentlich nicht mehr mit dir«, sagt Kurt zu Trill. »Aber was genau ist das?«

»Das«, antwortet Trill mit einem ganz kleinen Stimmchen, »ist mein kleiner Bruder Tüdelü.«

Kleiner Bruder! Kurt hätte fast losgelacht, aber Trills Stimme klingt so traurig und hoffnungslos, dass es keinen Zweifel gibt: Das kann kein Scherz sein. Und wie zur Bestätigung beginnt im selben

Moment das leichte Vibrieren an Kurts Nüstern, setzt sich über seinen Kopf, seine Mähne und seinen Rücken immer weiter fort, bis sein ganzer Körper vibriert und das Vibrieren in ein Kribbeln übergeht, als würde ein Ameisenvolk in seinem Fell Polka tanzen.

»Ich bin froh, dass du Mitgefühl hast«, sagt Trill leise. »Denn es ist wirklich eine schlimme Geschichte.«

Der Prinz scheint nichts dagegen zu haben, dass Trill die Geschichte erzählt. Im Gegenteil, er lauscht sehr interessiert.

»Der Prinz hat ihn verzaubert«, flüstert Trill heiser. »Vor ein paar Wochen war Tüdelü kleiner als ich und hat pausenlos gesungen und gequasselt.«

Scheint in der Familie zu liegen, denkt Kurt, spricht es aber nicht laut aus. Dafür ist die Situation zu ernst.

»Dann hat der Prinz ihn eingefangen.« Trills Stimme wird noch trauriger. »Jetzt ist er ein Monster und erkennt mich nicht mal. Und er hat die Prinzessin entführt. Direkt von ihrem Pferd runtergeschnappt. Früher hätte er so was nie getan! Nicht nur, weil er zu klein war, sondern vor allem, weil er zu nett war.«

»Ja, jetzt ist er bloß noch zu mir nett«, erklärt der Prinz stolz. »Nach nur einem Fingerhut von meinem Nettigkeitstrank. Tüdelü und das hübsche

Einhorn hier werden sich bestimmt gut verstehen.« Mit diesen Worten kickt der Prinz den Riesenvogel mit seinen spitzen Stiefeln, und Tüdelü macht einen kleinen Hüpfer, der ein ziemlich mächtiger Satz ist, und landet zwischen Kurt und dem Wald. Gleichzeitig wird die Zugbrücke des Nebeneingangs heruntergelassen. Der Prinz zwickt Tüdelü ein bisschen in den Hals, und Trills Bruder breitet die Flügel aus. Damit ist Kurts Fluchtweg abgeschnitten. Jetzt geht der große Vogel mit den glasigen Augen langsam auf Kurt zu und drängt ihn an den Rand des Burggrabens.

»Lass das Einhorn in Ruhe!«, ruft die Prinzessin. »Lass es gehen!« Aber der Prinz lacht nur und treibt den Vogel weiter vorwärts.

»Du warst schon eine Landplage, als du deinen ersten Zauberkasten gekriegt hast«, ruft die Prinzessin außer sich. *»Willst du meinen Kartentrick sehen?«*, äfft sie den Prinzen nach. *»Darf ich deine Puppe verschwinden lassen? Willst du dich in zwei Hälften sägen lassen?«*

»Die beiden kennen sich schon seit ihrer Kindheit«, flüstert Trill, damit Kurt alles mitbekommt, was vorgeht.

»Aber jetzt«, fährt die Prinzessin bitterböse fort, »jetzt bist du wirklich der schlimmste Dumpf-Sumpf-Prunz, den ich kenne!«

»Nimm das sofort zurück!«, schreit der Prinz und wird so rot, dass seine Gesichtsfarbe gar nicht mehr zur Punschglasur passt.

»Dumpf-Sumpf-Prunz, Dumpf-Sumpf-Prunz!«, brüllt die Prinzessin.

»Hör auf, hör auf!«, brüllt der Prinz zurück.

»Nur wenn du das Einhorn gehen lässt«, ruft die Prinzessin. »Dann bleibe ich meinetwegen da und bin nett zu dir. Aber lass das Einhorn gehen!«

»Ich bin doch nicht blöd«, antwortet der Prinz. »Warum soll ich das Einhorn gehen lassen, wenn ich euch beide haben kann?«

Kurt findet die Situation langsam ziemlich unangenehm. Wenn der Riesenvogel noch einen Schritt auf ihn zu macht, bleibt ihm nichts übrig, als auf die Zugbrücke auszuweichen oder in den Burggraben zu springen. Auf beides hat er keine große Lust. Er hat das Gefühl, er sollte jetzt auch mal was sagen.

»Ahäm«, macht Kurt also. »Nur um das klarzustellen: Prinzessinnen entführen, Tiere groß zaubern, Nettigkeitstränke verabreichen, das ist alles nicht sehr prinzlich, finde ich. Und Einhörner kann man nicht einfach haben. Ich würde also den Herrn Prinzen ersuchen, das Fräulein Prinzessin freizulassen und den Vogel wieder klein und fröhlich zu zaubern. Und so können wir alle noch die besten Freunde werden.«

Ein paar Augenblicke lang herrscht atemlose Stille, und Kurt ist stolz auf sich, dass er solchen Eindruck auf den Prinzen gemacht hat.

Dann fängt der Prinz an zu lachen. Sein Lachen klingt etwas eigenartig, findet Kurt, mehr wie das Gackern eines Huhns mit einer Halsentzündung. Vor allem aber ist es eine sehr unhöfliche Antwort auf einen tadellosen Vorschlag.

»Also, ich glaube, das mit dem Charme funktioniert nicht«, sagt Kurt zu Trill. Und dann wendet er sich ganz plötzlich ab und galoppiert aus dem Stand los, unter der gefährlich großen Vogelschwinge durch, ein Stück den Burggraben entlang und direkt weiter in den Wald. Bis der Prinz zu lachen aufgehört hat, ist Kurt nur noch ein leuchtend weißer Fleck: Er kann zwar nicht fliegen, aber doch verdammt schnell galoppieren.

»Lauf, Einhorn!«, hört er die Stimme der Prinzessin hinter sich, die ihn anfeuert. »Lauf, lauf! Lass

dich nicht fangen von diesem Dumpf-Sumpf-Prunzen!« Es klingt fast wie ein Jubelschrei, weil sie sich so für ihn freut, dass er entkommt. Obwohl sie selber immer noch hinter dem Burggraben und dem Zaun gefangen ist, freut sie sich für ihn und seine Freiheit! Kaum hat Kurt diesen Gedanken

gedacht, kribbelt es. Überall. Erst nur ein wenig. Dann immer stärker und stärker, sodass er gar nicht mehr weiterlaufen kann. Kurt hält an, als er weiß, dass die Bäume ihn vor den Blicken des Prinzen verbergen, und schaut zurück.

Ich könnte jetzt einfach weiterlaufen, denkt Kurt, *dann wäre ich in ein paar Stunden zu Hause, und es gäbe saftige Dotterblumen zum Abendessen. Ich könnte jetzt einfach weiterlaufen* … Er könnte. Aber er kann nicht.

Trill landet auf einem Ast über Kurt. »Hey, Kometen-Kurt«, sagt er. »Ich wollte mich wenigstens noch verabschieden.«

Kurt wirft einen Blick hinauf. »Die Fledermaus«, sagt er langsam. »Das war wirklich eine sehr *große* Fledermaus, nicht wahr?«

»Ja«, meint Trill kleinlaut. Einen Moment lang ist es still.

»Wir brauchen einen Plan«, sagt Kurt dann. »Und zwar schnell.«

5.

DER PLAN

Von ihrem Versteck im Wald können Kurt und Trill das Schloss gut überblicken. Gerade wird das Haupttor geöffnet und die große Zugbrücke heruntergelassen. Ein riesiges schwarzes Ferkel kommt aus dem Schlosshof über die Brücke herausgetrottet. Es hat denselben glasigen Blick wie Trills Bruder.

»Was ist das?«, flüstert Kurt, obwohl ihn aus dieser Entfernung bestimmt niemand im Schloss hören kann.

»Ein Einhornsuchschwein«, antwortet Trill ebenso leise und seufzt. »Der Prinz will schon ewig ein Einhorn besitzen und hat dieses Ferkel zu einem Suchschwein ausgebildet. Und dann groß gezaubert.« Die mächtige Zugbrücke schwankt gewaltig, als das schwarze Riesenferkel darüberläuft. Kaum hat es die andere Seite des Schlossgrabens erreicht, sieht es aus, als würde seine Nase sich auf dem Boden festsaugen, und es beginnt zu

schnüffeln. Gleichzeitig kreist der Prinz auf Tüdelü über dem Schloss und dem Wald und hält Ausschau nach Kurt.

»Es wird nicht lange dauern, bis einer von beiden dich aufspürt«, flüstert Trill angstvoll. »Egal, wie gut dein Plan ist. Du musst verschwinden, und zwar schnell!«

»Nicht ohne die Prinzessin«, knurrt Kurt.

Der Vogel schaut ihn verblüfft an. »Ich denke, du hast mit Prinzessinnen nichts am Hut?«

»Nicht im Allgemeinen«, antwortet Kurt. »Aber diese hier scheint in Ordnung zu sein.«

»Ich wusste es«, jubiliert Trill. »Du bist ja doch das schneeweißeste, blauäugigste, edelste, selbstloseste, hilfsbereiteste, stärkste ...«

»Jaja, reg dich ab. Wir haben keine Zeit für so was. Du musst unauffällig rüber zur Prinzessin, und zwar sofort.«

Trill lässt sich Kurts Plan erklären und fliegt sofort los.

Kurz darauf winkt die Prinzessin mit einem der

rosa Sonnenschirme. Das ist das Zeichen. Einen Augenblick später hört er ihre Stimme, die lieblich tönt: »Huhuuuuu, Prinzlein! Ich hab's mir anders überlegt! Wir können ja nicht ewig böse aufeinander sein! Lass uns Frieden schließen, ja?«

Kurt schaut nach oben, und tatsächlich, der übergroße kleine Vogel mit dem Prinzen auf seinem Rücken hält Kurs auf die Prinzessin.

»Also los!«, sagt Kurt, als der Vogel hinter dem Zaun landet, der den Garten der Prinzessin umschließt. Aber dann bleibt er doch stehen. Das Ferkel ist riesig, und je näher es kommt, desto größer wird es.

»Es ist ein guter Plan«, flüstert Kurt, obwohl ihn niemand hören kann. »Ein ausgezeichneter Plan.«

Kurt steht immer noch da wie angewachsen.

»Man muss bis drei zählen«, sagt er schließlich. »Sonst funktioniert das nicht. Eins. Zwei …«

Bei »Drei!« galoppiert Kurt los, direkt auf das Schloss zu, mit ganz viel Schnauben und Hufgetrampel.

Das Einhornsuchschwein hebt seinen Rüssel. Dreht seinen Kopf. Es sieht Kurt, und es riecht Kurt, und es galoppiert ebenfalls los. Kurt erreicht den Schlossgraben, das Riesenferkel ist schon knapp hinter ihm – er galoppiert wie der Wind um das Schloss herum, an der großen Zugbrücke vorbei, über die das Schwein herausgetrabt ist, und weiter, den Graben entlang. Plötzlich ist Trill neben ihm. »Alles klar!«, trillert er aufgeregt, und Kurt schaut einen Moment nach oben: Tatsächlich, da ist Tüdelü, der Riesenvogel, auf seinem Rücken der Prinz – und dahinter die Prinzessin, einen rosa Sonnenschirm in der Hand.

»Kurt, *renn*!«, ruft Trill erschrocken – das Ferkel hat Kurt beinahe eingeholt. Und Kurt galoppiert weiter, so schnell wie noch nie in seinem Leben – er erreicht die kleine Zugbrücke des Nebeneingangs, über die der Prinz ihn zuvor drängen wollte. Er wartet – einen ganz kurzen Augenblick, bis er beinahe den Atem des Ferkels spüren kann –, dann klappern seine Hufe auf der Brücke, hinter ihm das

Einhornsuchschwein. Es ist an ihm dran. Es hat ihn eingeholt. Kurt spürt den Schweinerüssel schon an seinem Schweif! Kurt gibt noch einmal Gas, und schon ist er durch das kleine Tor und im Hof des Schlosses. Hinter sich hört er ein lautes Krachen und wendet sich um: Die kleine Zugbrücke schwankt heftig und ächzt unter dem Gewicht des Riesenferkels, aber sie hält. Das Brückengeländer biegt sich nach außen und splittert – doch es zerspringt nicht. Das Schwein galoppiert weiter und gleich darauf gibt es einen ohrenbetäubenden Krach. Das Riesenferkel steckt im Tor fest, genau wie Kurt sich das gedacht hat! Es quiekt wütend und strampelt, aber sein Bauch ist zu dick, es kann sich nicht befreien.

»Tadelloser Plan«, schnauft Kurt und schaut nach oben. Der große Vogel ist eben über den Zaun des Prinzessin-Gefängnisses geschwebt und flattert nun über den Schlosshof, auf die Gemächer des Prinzen zu. Es scheint ein Gerangel auf seinem Rücken zu geben, Kurt sieht, wie Tüdelü flattert, um nicht aus dem Gleichgewicht zu kommen. Da! Etwas löst sich und fällt – Kurt hält den Atem an, kneift die Augen zusammen – es ist der Sonnen-

schirm, und an seinem Griff hängt wie an einem Fallschirm die Prinzessin. Kurt macht ein paar blitzschnelle Galoppsprünge aus dem Stand, und die Prinzessin landet mit einem

satten Geräusch auf Kurts Rücken, hält sich an seiner Mähne fest und schreit: »Renn, Einhorn!«

Und Kurt rennt. Wie noch nie in seinem Leben. Noch schneller als vorhin! Er galoppiert quer über den Schlosshof, auf den großen Schlosseingang, die große Brücke zu. »Was ist mit dem Vogel?«, keucht er. »Verfolgt er uns?«

»Nein«, ruft die Prinzessin, »ich hab dem Prinzen eines dieser schrecklichen rosa Kleider über den Kopf gestülpt, jetzt kann er den Vogel nicht lenken, und der Riesenpiepmatz fliegt immer im Kreis.«

Kurt wiehert vor Lachen, er erreicht das Haupttor, jetzt ist er auf der großen Brücke – immer weiter und weiter rennt Kurt, gleich muss er am anderen Ufer sein, gleich haben sie es geschafft – doch irgendetwas stimmt nicht, es geht plötzlich bergauf ... Er keucht und schnauft und kämpft ...

»Sie ziehen die Brücke hoch«, schreit die Prinzessin. »Pass auf!« Kurt rammt seine Hufe in das Holz der Brücke und kommt zum Stehen. Unter ihm ist das Wasser des Burggrabens. Viel Wasser. Tiefes,

dunkles Wasser. Komisch, in seinem Kopf ist das nicht passiert, als er sich den Plan ausgedacht hat.

Und die Brücke hebt sich immer mehr. Kurts Hufe beginnen zu rutschen. Er kann nicht vor und nicht zurück. Hinter ihm liegt der Schlosshof, vor ihm der Burggraben. Es gibt kein Entrinnen.

Die Prinzessin gleitet von Kurts Rücken. »Wir müssen springen!«, ruft sie, und im nächsten Augenblick springt sie tatsächlich, ohne auch nur eine Sekunde zu zögern. Aber Kurt kann nicht, er ist wie gelähmt.

Da taucht plötzlich genau vor ihm hoch oben in der Luft ein ziemlich dicker Goldfisch mit schwarzem Kopf auf. *Ein fliegender Fisch?,* fährt es Kurt noch durch den Kopf – im selben Moment hört er schon eine bekannte Stimme: »Spring, Sir Einhorn«, ruft Fred. »Um den Rest kümmern sich die Ninja-Goldfische!« Und schon taucht er wieder ab in das schwarze Wasser und ist verschwunden.

»Aber ich kann nicht schwimmen!«

»Natürlich kannst du schwimmen«, ruft die Prinzessin aus der Tiefe. »Jedes Pferd kann schwimmen. Du bist bloß ein Pferd mit einem Horn!«

Kurt beschließt, dass dieser Moment ungeeignet ist, darüber zu streiten, ob ein Einhorn nur ein Pferd mit einem Horn ist. Er hat zu viel Angst vor dem Wasser. »Ich hab Angst vor Wasser«, wiehert er. »Ich kann nicht!«

Und Kurts Hufe beginnen auf dem Holz der Brücke wegzurutschen. Doch da ruft die Prinzessin »Spring, Einhorn!«

Und »Spring, Kurt!« ruft Trill, der plötzlich neben ihm flattert.

Und dann springt Kurt.

6.

TAUSENDFLÖSSLER

Einen langen, langen Augenblick passiert fast gar nichts. Trill flattert. Ein Schrei der Prinzessin durchschneidet die Luft. Luft. Luft. Und dann Wasser. Kalt. Dunkel. Kurt will Luft holen, aber durch seine Nüstern kommt nur Wasser. Kaltes, schreckliches Wasser. Kurt schlägt um sich, er will nicht ertrinken. Er will hier *raus*! Und plötzlich ist da etwas, das ihn von unten aus der Tiefe nach oben trägt, nach oben ans Licht, an die Luft: Er taucht aus dem kalten Nass auf und spuckt Wasser und schnaubt und spuckt noch mehr Wasser und holt Luft. Luft! Kurt atmet. Und dann merkt er erst, was geschehen ist: Hunderte Goldfische mit schwarzen

Köpfen schwimmen unter ihm, tragen ihn durchs Wasser. Und da neben ihm schwimmt die Prinzessin ganz alleine, und wie sie das macht, sieht es so einfach aus.

»So, Sir Einhorn«, hört er Freds Stimme. »Jetzt aber schön paddeln. Es ist gar nicht schwer. Ja, gut machst du das, wunderbar.«

Und tatsächlich: Kurt paddelt, Kurt rudert, Kurt schwimmt!

»Erstes Bataillon wegtreten!«, ruft Fred, und Kurt spürt, wie die Fische, die ihn tragen, weniger werden. Er sinkt etwas tiefer und fängt hektisch an zu strampeln.

»Keine Panik, Sir Einhorn«, ruft Fred, der immer wieder vor Kurts Nase aus dem Wasser springt

und ihn anfeuert. »Wir sind ja da! Immer schön weiterschwimmen, so ist es gut, tadellose Haltung, möchte sagen, ein Naturtalent, unser Sir Einhorn. Zweites Bataillon wegtreten!«

Und wieder werden die Goldfische unter Kurts Bauch weniger, aber diesmal kriegt er keinen Schreck mehr, er paddelt einfach weiter, und schließlich ist auch das letzte Ninja-Fisch-Bataillon weggetreten – und Kurt schwimmt ganz alleine!

»Hervorragend«, lobt Fred. »Mir nach zum Bachabfluss.«

Doch in diesem Moment kommt ein Warnruf von einem anderen Ninja-Goldfisch:

»Alarm! Tausendflössler im Anschwumm!«

»Was?«, fragt Kurt. »Was ist jetzt wieder?« Er hat gerade eben Schwimmen gelernt! Kann er das nicht erst mal in Ruhe verdauen? »Der Tausendflössler«, keucht die Prinzessin neben ihm. »Der Prinz hat ihn gezüchtet, um den Burggraben zu bewachen.«

Und dann sieht Kurt ihn. Er sieht ein bisschen aus wie ein Tausendfüßler, nur hat er Flossen statt Füßen und ist viel, viel größer. Und er schwimmt genau auf Kurt und die Prinzessin zu!

Und wieder hört Kurt Freds Blubberstimme: »Bataillon eins bis zehn Kitzelattacke backbord! Bataillon elf bis zwanzig Kitzelattacke steuerbord! Ninja-Attackeeeeeeeeeee jetzt!«

Und im nächsten Moment flitzen Hunderte orange-gold-schwarze Pfeile auf den riesigen Tausendflössler zu. Und im übernächsten Moment fängt der Tausendflössler an zu zucken und mit allen tausend Flossen zu schlagen und kann nicht anders, als kichernd zu blubbern und blubbernd zu kichern. Er hat keine Chance gegen die kitzelnden Ninja-Goldfische. Und da ist Fred schon wieder und zwinkert Kurt zu: »Jeder Fisch ist kitzlig unter den Flossen«, sagt er. »Je mehr Flossen, desto kitzliger. Folgt mir!«

Und Kurt und die Prinzessin schwimmen hinter Fred, dem Ninja-Goldfisch, und seinen vielen, vielen Ninja-Gefährten her.

»Duhuu, Einhorn?«, fragt ein ganz kleiner Ninja-Goldfisch. »Stimmt das, dass die Pupse von Einhörnern nach Rosen duften?«

Kurt will gerade antworten, da blubbert Fred streng: »Sehr unpassende Frage an unseren Gast, Jungflössler! Ganz hinten einreihen, aber flott!« Er schüttelt seinen schwarzen Kopf und gluckst belustigt. »Die kommen auf Ideen. Nichts für ungut, Sir Einhorn.«

Schließlich gelangen Kurt, die Prinzessin und ihre Eskorte an die Stelle, wo der Bach in den Schlossgraben mündet. Sie müssen kurz untertauchen und die Luft anhalten, und dann sind sie auf der anderen Seite, im Bach. In Freiheit. Ein Stück entfernt geht Tüdelü, der Riesenvogel, mit tapsigen Vogelschritten schwankend hin und her. Offenbar ist ihm schwindlig vom vielen Im-Kreis-Fliegen – also von da droht im Moment keine Gefahr. Das laute Quieken von der anderen Seite des Schlosses verrät ihnen, dass das Riesenferkel immer noch feststeckt. *Die armen Kerlchen,* denkt Kurt. *Die können überhaupt nichts dafür.*

»Wir haben's geschafft«, ruft die Prinzessin.

»Geschafft«, wiederholt Kurt und denkt an Tüdelü und das Ferkel.

Dann fällt ihm auf, dass irgendetwas fehlt.

»Wo ist Trill?«, rufen Kurt und die Prinzessin gleichzeitig.

»Ja, wo ist das Vögelchen?«, hören sie da eine wohlbekannte boshafte Stimme.

Auf der anderen Seite des Grabens steht der Prinz, hoch oben auf der Mauer. Und in seinen Händen hält er ein kleines rot-grau-schwarzes Vögelchen.

7.

MAGIE

Kurt steht tropfnass in der Sonne. Er hat es geschafft. Er hat eine Prinzessin gerettet und nebenbei auch noch Schwimmen gelernt. Aber alles, was er denken kann, ist »Nein!«. Mehr kann er nicht denken, denn sein ganzer Körper kribbelt und vibriert stärker als jemals zuvor in seinem Einhornleben. Und zum ersten Mal in

diesem Leben wünscht er sich, er wäre mehr als nur ein Pferd mit einem Horn, das ein bisschen glitzert. Zum ersten Mal wünscht er sich, er hätte die Superkräfte, die ihm und seinesgleichen immer angedichtet werden.

»Das kleine Vögelchen wird auch bald ein großes Vögelchen sein, so wie sein Bruder«, ruft der Prinz triumphierend herüber. »Und er wird sehr, sehr nett zu seinem Prinzen sein, stimmt's, Vögelchen?« Die Hand des Prinzen hält Trill so fest, dass man die Antwort des kleinen Vogels nicht verstehen kann. Aber im nächsten Moment schreit der Prinz vor Schmerz auf und steckt seinen Daumen in den

Mund. Dummerweise hält die andere Hand Trill immer noch. »Außer natürlich, deine Herrin entschließt sich, wiederzukommen.«

»Trill«, sagt die Prinzessin, genauso fassungslos wie Kurt. »Mein armer, treuer Trill! Was sollen wir nur tun?«

Fred taucht aus dem Wasser auf und schlägt einen Kontrollsalto in der Luft. Wieder im Wasser, schüttelt er traurig den Kopf. »Zu weit weg vom Wasser für uns Ninjas«, sagt er. Dann sieht er Kurt in seine blitzblauen Augen. »Aber nicht zu weit weg für ein Einhorn mit Wassermagie ...«

»Wie bitte?«, fragt Kurt verwirrt.

»Einhörner mit braunen Augen haben Erdmagie«, erklärt Fred geduldig. »Einhörner mit grauen Augen haben Luftmagie. Einhörner mit grünen Augen: Feuermagie. Und Einhörner mit blauen Augen: Wassermagie!«

Kurt ist ohne andere Einhörner aufgewachsen und hat keine Ahnung, ob die vielleicht irgendwelche magischen Dinge können. Aber er? Bestimmt nicht. »Wassermagie?« Er schüttelt erschöpft den Kopf. »Ich hasse Wasser! Ich habe jetzt noch Schüttelfrost von diesem grässlichen Burggraben.« *Komisch nur, dass mir gar nicht kalt ist,* denkt Kurt, während seine Zähne zusammenschlagen und sein ganzer Körper zuckt und sich schüttelt.

»Kein Schüttelfrost«, erklärt Fred. »Energie des Wassers! *Magie* des Wassers! Ist eben aufgewacht in Sir Einhorn! Hat schon begonnen, als du mir geholfen hast!«

Kurt erinnert sich plötzlich an das seltsame Gefühl, als er nach Freds Befreiung den Kopf wieder aus dem Wasser gezogen hat. Wassermagie?

»Was soll das Wasser tun, Sir Einhorn?«, fragt Fred, der Ninja-Fisch, ihn eindringlich. »Sag ihm, was es tun soll!«

Kurt sieht Fred, den Fisch, verständnislos an. Was erwartet er von ihm? Er ist einfach nur ein Pferd mit einem Horn, die Prinzessin hat ganz recht gehabt, er hat keine Ahnung von Magie und all so was. Aber noch während er diese Gedanken denkt, senkt sich plötzlich eine große Klarheit über Kurt. Und er weiß in diesem Moment ganz genau, was das Wasser tun soll. Und er weiß auch ganz genau, was er zu tun hat.

Als wäre es das Selbstverständlichste der Welt, geht er ans Ufer des Baches und neigt seinen Kopf. In dem Moment, als sein Horn das Wasser berührt, verebbt das Zucken in seinem Körper, und er wird ganz ruhig. Und die Magie fließt – von Kurt zum Wasser, vom Wasser zu Kurt –, bis Kurt und das Wasser eins sind und Kurt nur noch denken muss, was geschehen soll – und es geschieht: Aus dem Nichts bildet sich im Bach eine mächtige Woge. Wie eine Zunge aus Wasser schnellt sie auf den Prinzen zu und zieht ihm die Füße unter seinem Körper weg.

Ein Schreckensschrei, als der Prinz fällt, ein Schmerzensschrei, als er unsanft landet, auf beide

Hände gestützt; ein Wutschrei, als er merkt, dass seine Geisel ihm entwischt ist: und ein trillernder Jubelton von einem kleinen rot-grau-schwarzen Vogel, der seine wiedergewonnene Freiheit begrüßt.

»Das war für Tüdelü!«, jauchzt Trill. »Den holen wir als Nächstes hier raus, du Dumpf-Sumpf-Prunz!«

Kurt steht einfach da und kann es selbst noch nicht ganz glauben. »Wassermagie«, sagt er. »Cool.«

»Gut gemacht, Sir Einhorn!«, ruft Fred und springt noch einen Abschiedssalto. »Die Ninja-Goldfische freuen sich auf ein Wiedersehen.«

»Danke, Fred«, sagt Kurt und ist ziemlich sicher, dass er noch nie etwas in seinem Leben so ernst gemeint hat. Er würde gern noch mehr sagen, aber dann sagt er einfach noch einmal: »Danke.«

»Danke, Fred, danke Fred, vielen Dank, Fred, tausend Dank, Fred!«, tiriliert Trill übermütig. Und dann: »Danke, Kurt, vielen Dank, Kurt, tausend Dank, Kuuuuurt!«

Prinzessin Floh legt sich am Ufer des Baches auf den Bauch, schaut Fred in die Augen und sagt: »Versprich mir, dass du dich nicht in einen albernen Prinzen verwandelst, okay?« Und dann gibt sie Fred einen Kuss auf seinen schwarzen Ninja-Kopf.

Fred wird ein bisschen dunkelorange und schlägt einen Doppelsalto.

Dann machen sich die zierliche Prinzessin, der kleine rot-graue-schwarze Vogel und das Einhorn mit den blauen Augen bereit für den Heimweg.

8.

ROSEN

»Da fällt mir ein, ich hab euch ja noch gar nicht richtig bekannt gemacht«, ruft Trill plötzlich. »Ihre Majestät Florentina Hippolotta Antonella Paradisa …«

»Floh«, sagt Floh zu Kurt und legt ihm die Hand auf seine blendend weißen Nüstern. »Freut mich außerordentlich.«

»Kurt«, antwortet Kurt und senkt den Kopf. »Hocherfreut.«

»He«, will Trill sich beschweren, doch dann überlegt er es sich anders. »Ihr könnt mir den Spaß nicht verderben, ich bin frei wie ein Vogel, nein, ich *bin* ein Vogel, keiner ist so frei wie ich!« Tirilierend fliegt er voraus.

»Endlich mal ein Einhorn mit einem vernünftigen Namen«, sagt die Prinzessin.

»Endlich mal eine Prinzessin mit vernünftigen Kleidern«, sagt Kurt. »Du kannst reiten, wenn du willst.«

Die Prinzessin schwingt sich auf Kurts Rücken, und er trabt gemütlich los.

Nach einer Weile zieht die Prinzessin genießerisch Luft durch die Nase ein. »Ah, wie es hier duftet! Riechst du die Blumen?«

»Hmpf«, macht Kurt, und seine Ohren bekommen diesen bläulichen Schimmer, den sie immer annehmen, wenn ihm etwas peinlich ist.

»Es sind Rosen, nicht wahr? Wo wachsen denn hier Rosen? Ich seh gar keine.«

»Muss zusehen, dass ich nach Hause komme«,

murmelt Kurt. »Ich vertrage das Essen außerhalb des Einhornwaldes einfach nicht.«

Die Prinzessin lacht. »*Du* warst das! Du hast gepupst, stimmt's? Es ist also doch wahr, das mit den Einhornpupsern …«

»Pssst!«, macht Kurt, und seine Ohren sind jetzt von einem tiefen Kobaltblau. »Sag das bloß nicht dem kleinen Piepmatz, sonst erzählt er es der ganzen Welt. Außerdem will er dann bestimmt ständig was vorgepupst kriegen.«

Im selben Moment taucht Trill über ihnen auf.

»Also, erst mal müssen wir natürlich nach Hause …«, setzt er an, und die Prinzessin unterbricht ihn sofort: »Absolut«, stimmt sie zu, »meine Eltern werden sich schon zwei oder drei Sorgen machen.«

»Und ich hab Hunger«, knurrt Kurt.

»Aber danach«, fährt Trill fort, »sollte sich jemand Gedanken über Tüdelü machen …«

Die Prinzessin nickt. »Und über das Riesenferkel«, fügt sie hinzu.

»Und die sehr große Fledermaus.«

»Es ist gemein, was der Prinz mit ihnen gemacht hat.«

»Und mit den anderen Tieren, die er im Schloss gefangen hält.«

»Bestimmt steckt mein kleiner Bruder noch irgendwo in diesem riesigen aufgeblasenen Vogelkörper, hinter diesen glasigen Augen.«

»Und in dem Riesen-Einhornsuchschwein steckt ein unschuldiges kleines Ferkel.«

»Jemand muss sich um sie kümmern«, zwitschert Trill.

»Einer muss die armen verzauberten, gefangenen Tiere retten und dem Prinzen das Handwerk legen.«

»Bestimmt haben sie Angst.«

»Bestimmt ist es schrecklich, verzaubert zu werden!«

»Bestimmt ...«

»Ist ja *gut*«, ruft Kurt, als das Kribbeln unerträglich wird. »Wir kümmern uns darum.«

»Das ist mein Einhorn«, ruft Trill begeistert.

»Schneeweiß, blauäugig, edel, selbstlos, hilfsbereit, stark … *und* magisch!«

»Hält er jemals den Schnabel?«, fragt Kurt die Prinzessin.

»Nie«, antwortet sie.

»Darf ich dich *jetzt* Komet nennen?«, fragt Trill.

»Nein!«, antworten Kurt und die Prinzessin gleichzeitig.

»Dies könnte der Beginn einer wunderbaren Freundschaft sein«, sagt Kurt und trabt, Prinzessin Floh auf seinem Rücken und Trill über seinem Kopf flatternd, gemütlich in den Sonnenuntergang.

ENDE

Ein DANKE mit ganz viel Glitzer und Rosenduft an:

Hannah Katharina Keller für die Inspiration, die Ninja-Goldfische und die endlos wiederkehrende Frage »Hast du schon die Einhorngeschichte geschrieben?«

An die begeisterten Kurt-Fans der ersten Stunde, meine Testleser Gaby, Sonja, Svenja und Hannah!

An Michaela Hanauer, die Kurt aufgenommen, gefüttert und in einen sicheren Hafen gebracht hat!

An Angelika Fritsche und ihre SchülerInnen, begeistertes Kurt-Testpublikum!

An Stephan Pricken für den Kurt meiner Träume!

An Iris Schubert für Kurti-Liebe auf den ersten Blick und die schöne Zusammenarbeit!

Chantal Schreiber, in Wien geboren und aufgewachsen, wusste immer schon, dass sie schreiben wollte. Sie hatte nie einen Plan B. Allerdings hatte sie auch keinen Plan A. Sie ließ das Sprachenstudium sausen und hielt sich mit Jobs als Flugbegleiterin, Model und Kellnerin über Wasser. Mit Glück landete sie schließlich beim Fernsehen und begann, Drehbücher fürs Kinderprogramm zu schreiben. Noch mehr Glück hatte sie mit ihrem ersten Jugendroman, der gleich ein Erfolg wurde – und seither schreibt sie Bücher: für Kinder, Jugendliche und Erwachsene. Und es gibt nichts, was sie lieber täte. Plan hat sie immer noch keinen, aber einen Laptop und jede Menge Ideen!

Stephan Pricken, 1972 in Moers geboren, studierte zunächst mit dem Ziel Grundschullehramt an der Kunstakademie Münster, nach dem ersten Staatsexamen dann Design mit dem Schwerpunkt Illustration an der Fachhochschule in Münster. Seit 2004 arbeitet er als freier Illustrator und Mitglied der Ateliergemeinschaft Hafenstraße in Münster.

Kurt auf Ninja-Kurs: Neues vom Einhorn-Held wider Willen

Chantal Schreiber
KURT 3. EIN HORN –
EINE MISSION
Mit vielen farbigen Bildern
von Stephan Pricken
112 Seiten · Ab 5 Jahren
ISBN 978-3-7514-0005-3

Freundschaft? Verpflichtungen? Eigentlich gar nichts für Kurt. Aber als Fred, Anführer der mutigen Ninja-Goldfische, Hilfe braucht, ist das Grummel-Einhorn am Start und mutiert kurzerhand zum ersten Ninja-Einhorn der Welt. Heldenhaft machen sich die zwei auf eine turbulente Suche. Brenzlig wird's, und sie bekommen Veilchenduft pupsende Hilfe eines gewissen Zweihorns. Kurzum: Kurt – grummeliger und witziger denn je!

Dritter Band der rasant-witzigen Serie: Kurt ist Kult!

Weitere Informationen unter **www.ellermann.de**

ellermann
mein Vorleseglück

Kurt legt los: Drachen-Alarm im Obstgarten

Chantal Schreiber
KURT 4. DRACHEN SIND AUCH NUR EINHÖRNER
Mit vielen farbigen Bildern von Stephan Pricken
112 Seiten · Ab 5 Jahren
ISBN 978-3-7514-0051-0

Ein gefräßiger Drache hat den königlichen Obstgarten leergefuttert und das bedeutet: kein Apfelmus für Kurt. Wütend verjagt Kurt den Obstdrachen mit seiner Wassermagie, doch dieser rächt sich, indem er ihn entführt. Kurt wacht in einem Labyrinth auf einer einsamen Insel auf und muss sich seiner größten Angst stellen: Mäusen! Zum Glück kommt Hilfe von seinen Freunden. Schaffen sie es gemeinsam, den Drachen zu bändigen?

Der vierte Band vom widerwilligen Einhorn Kurt.

Weitere Informationen unter **www.ellermann.de**

ellermann
mein Vorleseglück